えんす川柳

「研究者あるある」傑作選

はじめに

「ハエの餌やり」にかかりきりでデートに遅れる理系の彼。自分の培養細胞がいかにイケメンかを熱く語るリケジョのあの人。実験室に白米と布団を持ち込み、楽しげに徹夜実験に勤《いそ》しむ大学院生の息子……。

理系の彼・彼女たちは日々何を考え、研究室（ラボ）でどんな生活を送っているのでしょうか？　ハエやネズミやカエル、ミニチュアミミズのような線虫を愛おしみ、かいがいしく世話する彼らの素顔とは？　そんな謎多き研究室の日常を、研究者自身が詠んだ「さいえんす川柳」を通して覗《のぞ》いてみませんか。

普段研究者と接することがない人々から

本書に掲載された川柳は、サーモフィッシャーサイエンティフィックが、2013年から2019年まで毎年実施してきた研究者川柳イベント「川柳 in the ラボ」の応募作から選抜して編集しました。7年間の応募総数は6815句にのぼり、大学や企業の現役研究者が主な応募者です。

サーモフィッシャーサイエンティフィックは、ライフサイエンス関連の機器、試薬をはじめ、サイエンスに関わる幅広い製品やサービスを提供するグローバル企業です。

最新情報は、ホームページをご覧ください。thermofisher.com

したら「ちょっと変わった人」と映ることもあるかもしれませんが、じつは彼・彼女たちは、生物とは何かという強い好奇心や、難病に苦しむ人を一人でも救いたいという強い信念をもって日夜研究に励んでいます。この「さいえんす川柳」を通して、そんな彼らを温かく応援していただけると幸いです。

2020年8月

「川柳 in the ラボ」制作委員会一同

イラスト　服部元信

目次

川柳を読む前に知っておくと、楽しさ倍増！
ライフサイエンス研究の「七つ道具」

その一

マイクロピペット

試薬溶液を測り取り、酵素反応やDNA解析反応に使用。1ミリリットルの1000分の1の「マイクロリットル」を採取可能。

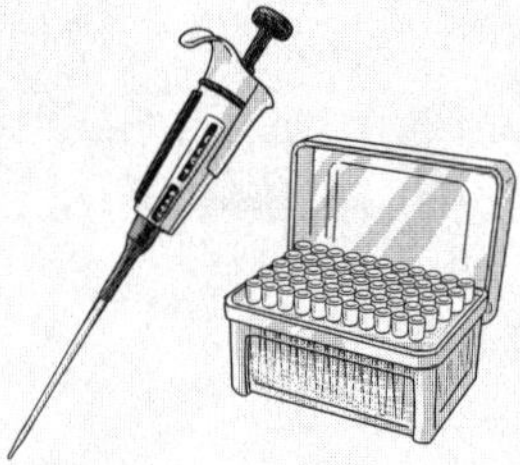

その二

細胞培養フード

実験室で細胞を培養するためには、栄養を含む培養液の中で育て、微生物からの汚染（コンタミネーション）を防ぐ必要がある。そのため、細胞の取り扱いは専用のフード内でおこなう。

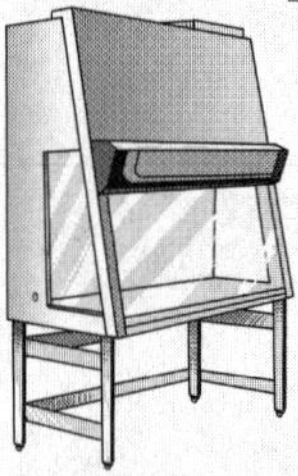

その三

顕微鏡

細胞観察や実験データ収集用に多くのラボに常備されている。最近は、接眼レンズを通さず、モニターに直接映し出す顕微鏡もある。

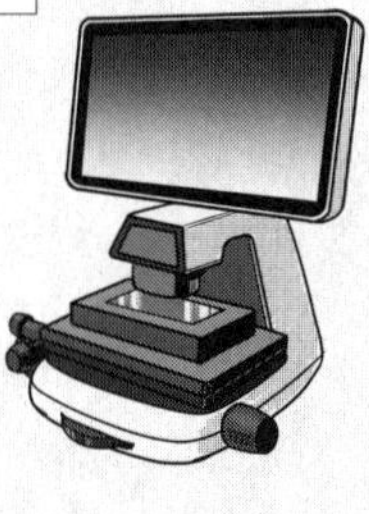

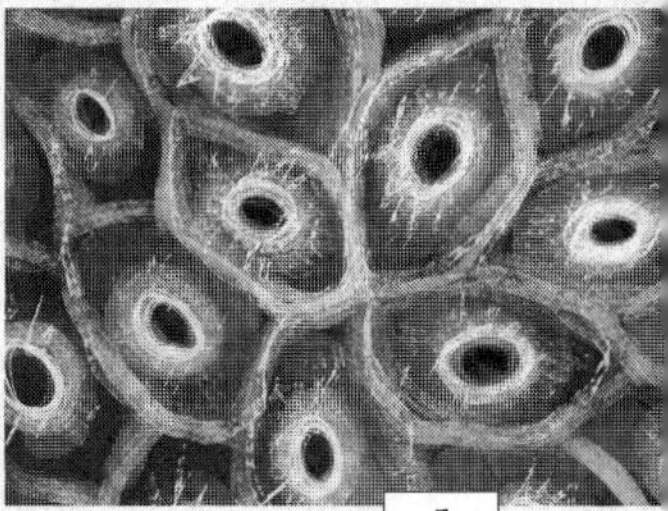

その四

細胞染色技術

細胞の働きや機能を見るために、細胞の中の小器官や局在するタンパク質を、特別な蛍光色素をつけた抗体や蛍光タンパク質で光らせて観察する技術。

PCR装置

ゲノムや遺伝子の一部分のDNA配列だけを増やす装置。PCRは「polymerase chain reaction（ポリメラーゼ連鎖反応）」の略。増やしたい領域の両端と対をなす短い「プライマー」という配列を利用しておこなう。

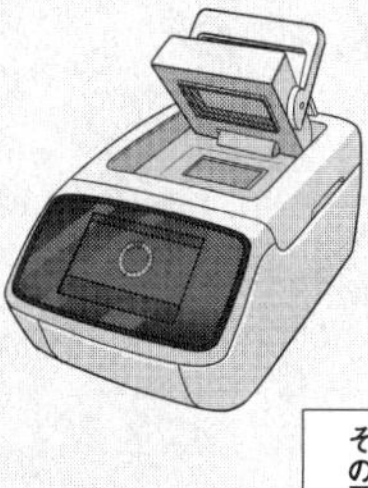

その五

DNAシーケンサ

DNAの配列を読み取る装置。30年ほど前は透明の平板ゲルを使って手作業でおこなっていたが、その後、技術が進歩し、最近では次世代シーケンサという半導体を利用して一度に大量の配列を読み取る機械もある。

その六

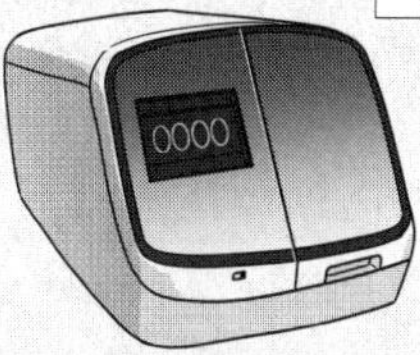

その七

ゲノム編集技術

「生物の設計図」と呼ばれるゲノムのDNA配列を削除したり、入れ替えたり編集する技術。最初に編集したいゲノム配列に切れ目を入れてから、編集する。

第一章「研究者あるある」編

一日の大半を同じ研究室で過ごし、苦楽を共にするラボメンバー。日常に研究用語が飛び交い、特殊な実験器具に囲まれて過ごす中で、研究者独特の世界ができてきます。研究者であれば、ニヤッと口元がほころぶ「あるある」川柳をあなたも鑑賞してみませんか。この世界観に少しでも共感できたら、サイエンスへの愛が芽生えてくるはず。

細胞と話し始める深夜帯

ヒストンタイラント

実験に使う大事な細胞は、毎日世話をし、観察します。しかも実験の成否を左右するので、研究者にとってはかけがえのない「相棒」であり、運命共同体ともいえる存在。実験に熱中し続けた深夜になって、思わず話しかけるのも仕方ない。

何気ない専門用語に引く家族

2 yanagi

レシピを参考にする料理のように、実験はプロトコル（料理でいうレシピ）を参考に進められます。研究者にとっては、料理も実験もほぼ同じ作業なのです。つい研究用語を口走ってしまうこともよくあるようで……。

合コンで
特技を聞かれて
免沈と

ぬこ

「免沈（めんちん）」とは、「免疫沈降法」の略語で、ライフサイエンス実験の基本操作の一つ。調べたいタンパク質に対する抗体を用いて、サンプルの中から標的タンパク質やそこに結合している分子を一網打尽に選別する技術のことです。

イメチェンを
エピジェネティクスと
からかわれ

ウルトラマンーNO80

「エピジェネティクス」とは、遺伝子配列を変化させることなく、遺伝子の働きが後天的(エピジェネティック)に変化する現象のこと。生まれつきの(遺伝的な)要素に後から加えた(後天的な)お化粧による変化で美しくなったことを、科学的(?)に表現したようです。

10分の静置の合間ランチ食う

とっちん

実験では、反応の進行や沈殿物生成を待つために、数分から数十分間、試験管やチューブを置いておく（静置）場合があります。そんな時間を無駄にせず食事の時間にあてる研究者も多いのです。食後のコーヒーを飲むのは、次の静置時間までお預けに。

細胞の
前にチームが
分裂し

ゲノム

培養中の細胞は分裂を繰り返して増え、その一部をさまざまな実験に使います。多くの研究のステップで、研究室メンバーのアドバイスやサポートが必要になるので、研究チームの分裂は研究プロジェクト続行の危機につながりかねない由々しき事態。

足音で
ラボのメンバー
同定す

ハエの人

「同定」とは、生物学では分類上の所属や種類を決定することで、分子生物学ではタンパク質の種類などを決定するときにも使います。長年ラボにいると、歩くテンポやスピード、音の大きさなど足音だけでラボメンバーを同定できる観察力が養われる?

科学者と
いえども最後は
神頼み

ピコ次郎

自力でやれることをやり切ったら、最後はこれ。実験を成功させるため、論文がアクセプト（受理）されるためなら、科学者だって祈ります。

千回の「アイシテル」よりア・ク・セ・プ・ト

何匹目かのどぜふ

優れた学術誌に何本論文を発表できたかが、研究者としての評価にもつながります。学術誌へ投稿すると返事は3択。アクセプト(受理)、リバイス(修正して再投稿)、リジェクト(却下)。長年かけた研究成果がアクセプトされると、天にも昇る心地に。

デート服
白衣なしじゃ
コーデむり

さいさ

#2017
白衣コーデで
個性派おしゃれ
ゆったりシルエットの
白衣に
プリーツスカートを
あわせて。
大人可愛い着こなしの
実験大成功♡
ホワイトパンツに
白衣をあわせて。
まさかの
ホワイトonホワイト。
俺のファッションDNAは
誰にも複製できない。

白いロングコート、素人にはなかなか着こなせないアイテムですが、研究者にはお手のもの。

おじさまへ
短パン白衣は
やめてよね!!

丸の内のＯＬ

実験のときに白衣は必須ですが、暑い日やランニングのあとには、短パンで実験する研究者を見かけることもあります。カリフォルニアに留学したある研究者は、若い女性研究者が白衣の下にビキニを着ていて、目のやり場に困ったことがあるそう。

マスカラが
邪魔だと気づく
顕微鏡

ぽんぽん

細胞を使う実験では、培養容器で細胞が問題なく育っていることを毎日欠かさず確認します。温度や湿度や栄養など、こまめに世話をする細胞を顕微鏡で観察していると、つい夢中になって接眼レンズに目が近づいてしまうことも。

取材来て
メディウムチェンジ
繰り返す

細胞マニア

テレビや新聞の取材の際など、研究室の雰囲気を出すために、無菌操作のための培養フード(6ページ参照)内で細胞の培養液(メディウム)を交換するポーズを何度も繰り返すことがあります。

体硬い
日々つまずくよ
マウス返し

チーム「食べる」

マウスはケージ内で飼育していますが、万が一に備えて室外への逃亡防止のために、「マウス返し」と呼ばれるボードが実験室や動物室などの入り口に取り付けられています。一般的には床から40〜50㎝ほどの高さのボードが多く、うっかりつまずきやすい。

間違えて
たまの休日
ラボに来る

シータ

毎日実験に追われていたり、動物の生活リズムに合わせたりしていると、曜日感覚もなくなります。間違えて休日にラボに来ても、みんないるので休日だと気づかないこともしばしば。

大掃除
色々見つかる
謎試薬

おすぎ

ラボの冷蔵庫やフリーザーには、捨てきれずに保管したままのサンプルや試薬などが残っています。年に数回、研究室メンバー総出で整理しないと保管場所が溢れてしまいがち。そんな大掃除の途中で、ずっと探していた大事なサンプルが見つかることも。

四十路過ぎ
wellにチップが
入れられず

老眼なはずがない

実験に使う「96ウェルプレート」という器具は、手のひらほどの大きさのプラスチックの板に直径5㎜程度のくぼみ（well／ウェル）が96個びっしり並んでいます。この一つ一つにマイクロピペットでサンプルや試薬を加える作業は、老眼が始まった研究者には辛い！

頼むから
話しかけるな
カウント中

しゅ～どのっと

実験に使うときや培養条件を揃えたいときには細胞を数えることがあります。自動測定機もありますが、なければ顕微鏡で細胞を確認しながら、手持ちカウンターで数えます。どの細胞まで数えたかわからなくなるので、途中で話しかけられても無視します。

9時すぎて
ラーメン香る
研究棟

チョコパイちゃん

深夜の実験のお供といえば、カップラーメン。ラボの片隅には、保存食が山積みになっていることも。嗅覚の研究者に限らず、研究者はコンビニの新商品にも敏感です。

ラボ外で
あるあるネタが
通じない

むこう

週末は
来週末に
取っておこう

週8日制希望

せっかくの
飲み会なのに
また討論

夏次郎

気になるの
インスタ映えより
ショウジョウバエ

iz

実験の
気分転換
実験で

腹筋ローラー

「もしかして？」
その実験が
止められない

セントルイス

動物に
名前を付けたら
情うつる

Black Lion

常識も
いちばん最初は
非常識

Bison

キレイ過ぎ
メンツもラボも
ドラマでは

ぴぺっとパンダ

母親に
研究伝える
ムズカシサ

次世代シークワーサー

令和でも
主役は昭和の
人と機器

829

斉藤さん
細胞さんと
呼んだ僕

酒蔵低温室

職業病
肉の焼き方
メディウム※1で！

くにとら

クロマチン※2
俺が話すと
嫁は寝る

将来的には花の研究がしたい

高額の
試薬こぼした
人どろ～ん

ぽんぽん

ひつじより
細胞数えりゃ
眠くなる

看板娘

※1 細胞を培養するときに使う培養液（culture medium）をラボでは「メディウム」と発音します。※2 「クロマチン」は、真核細胞の中に存在するゲノムDNAとタンパク質の複合体のこと。遺伝子の働くタイミングや細胞分裂の際に重要な役割を担う。

第二章「実験大好き」編

失敗しても、結果が出なくても、研究者にとって好きで好きでたまらないもの――それは「実験」。あるときはケージの中のマウスに話しかけ、あるときはデートよりもハエの世話を優先し、そして深夜におよぶ実験で、細胞に話しかけるようになるラボメンバー。なぜそんなに実験の虜《とりこ》になるの？　羨ましいほどに実験好きな彼らの生活とは。

あぁ、その日？
俺はいいけど
ハエがダメ

お腹痛い

ショウジョウバエは、遺伝学的研究などのモデル動物としてよく使われています。餌やりや実験のタイミングは、ハエの生活リズムに合わせておこなうので、自分のスケジュールはあと回し。ハエの都合を優先させることもしばしばあるのです。

飲み会のあとはシメの実験へ

みゆきち

飲み会のときも、遊びに行っても、研究のことが頭から離れない研究者は多いんです。そんな彼・彼女たちは、ちょっと酔っぱらっていても一日の終わりに必ずラボに寄って、培養中の細胞の様子や、実験の進行度合いを確認しないと気が済まないとか。

だれかくれ
モチベ増やせる
プライマー

tsubu2an

特定のDNA配列だけを数億倍に増幅させるPCR法は、増やしたいDNA配列と対になるプライマーという短いDNA配列を利用します。モチベーションを増幅させるためのプライマー配列がわかれば、やる気があっという間に何億倍にも増やせるか?

1枚の写真のために2年間

bemisiatabaci

一つの研究プロジェクトには、多くの準備や段階が必要です。それらが整うまでには数年かかることも。その結果、やっと会心の一枚の研究画像が撮れたら感涙にむせびます。

女子会の話題が「好きなタンパク質」

renkon89

筋肉を形作ったり、アルコールを分解したり、生物の体内でさまざまな役割を担うのがタンパク質。細胞分裂の際に染色体を守る「シュゴシン」、がんの抑制に関わる「p53」、神経細胞の再生に関わる「Musashi(ムサシ)」など、その働きも名前も多様です。

いつもいる
そういうきみも
いつもいる

ニワトリ胚

廊下や動物舎や共同実験室でいつも見かけるあいつ。言葉を交わしたことはないけれど、視線を交わすだけでわかり合える。

プラスミド
見えたら切り貼り
楽なのに

条件検討は大切

「プラスミド」は、大腸菌や酵母などの核の外にいる小型で環状の遺伝子。遺伝子工学ではプラスミドの輪を特定の箇所で切って調べたい遺伝子を組み込み、細胞に導入して、どう働くか観察します。思い通りに切ったり組み込んだりするのは、初心者には難しい。

ＰＰＡＲ
見るたび思う
ピコ太郎

イベリンくん

PPARは、「peroxisome proliferator-activated receptor」というタンパク質の略称で、細胞内の代謝や細胞の分化に関わる核内受容体。動脈硬化や炎症の研究をしている人にはお馴染みの名前で、日常で話題にすることが多いようです。

ホルマリン
俺の若さも
固定して

マウス係

病理標本の作製などに使われる、お馴染みの薬品、ホルマリン。細胞や組織の形態を維持する(固定する)働きがあります。サンプルを採取したときの状態を維持して形態観察するために、細胞や組織をホルマリンに浸して固定という作業をおこないます。

CRISPR編集できない俺の過去

—は地球を救う

ゲノムのDNA配列を自在に改変することができるのがゲノム編集。その中でも「CRISPR-Casシステム」はもっとも汎用されている技術の一つです。自分が調べたい遺伝子の働きを破壊したり、機能を高めるためなどにこの技術を使います。

究極の理想の体質デバネズミ

あっきー

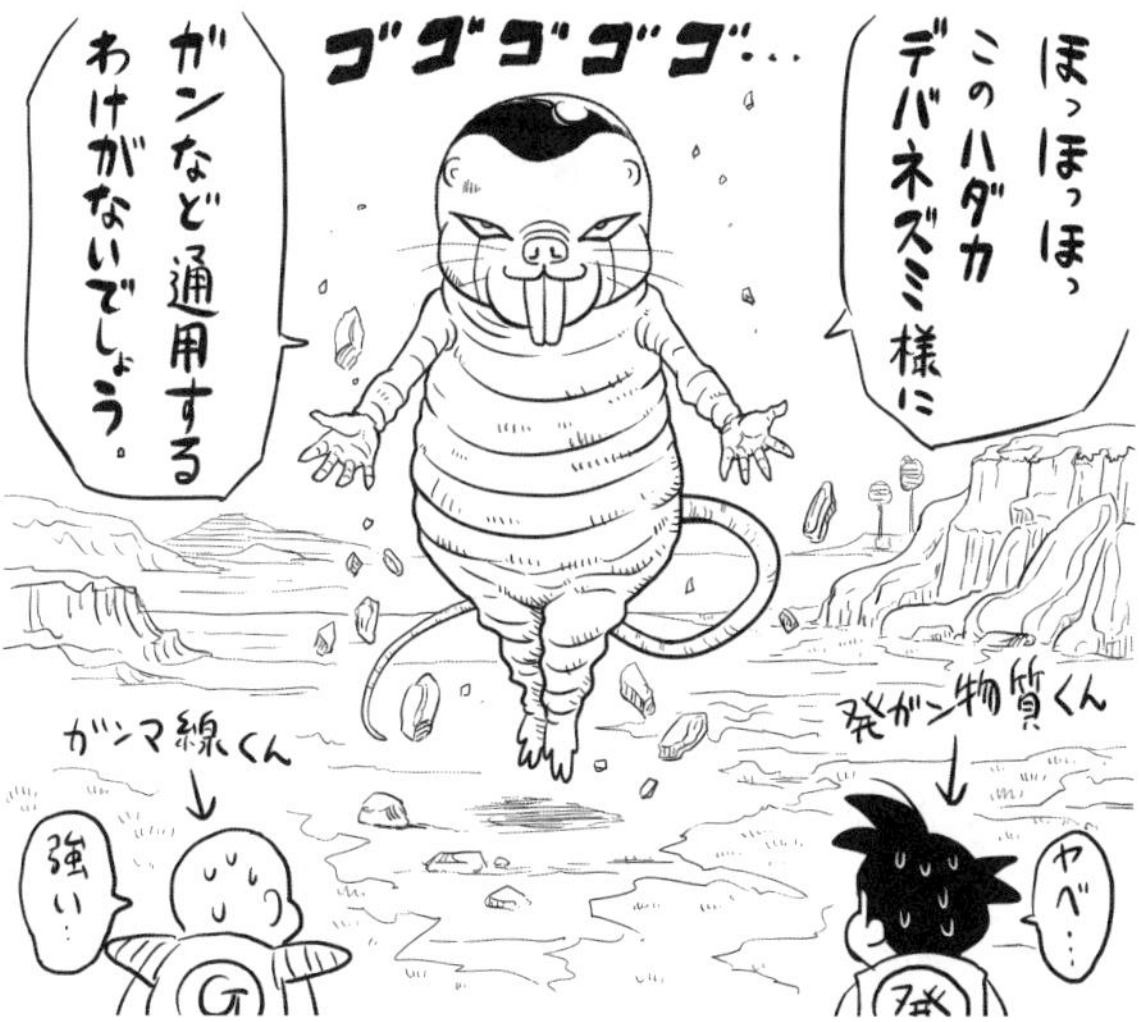

デバネズミは「ハダカデバネズミ」のこと。地下でトンネルを掘って生活し、その名のとおり毛がなく(ハダカ)、2本の大きな前歯(デバ)があります。寿命が長く、老化やがんに抵抗性があり、がんや再生医療研究のモデル動物として期待されています。

家よりも生活感ある研究室

女帝

ある種の実験では、時間経過を追って観察し続けなければならないことがあり、そんなときはどうしても夜中まで観察や実験をおこなうことになります。いちいち研究室に通うよりも実験室で生活してしまえば楽なので、住みついてしまう人もちらほら……。

夢語る
先輩明日は
ゼミですよ

培地一気飲み

研究室では、各メンバーの研究進捗や最新論文の紹介などをおこなう「ゼミ」が定期的に開催されます。準備に結構時間がかかるのですが、疲れもピークに達すると自分の妄想の世界に没頭して、ついつい現実逃避してしまいがち。

濁り茶の濁度をOD換算する

3年目の除亭

ODとは、「Optical Density」の略で光学濃度の意味。液体に濁りがあると光が通りにくくなり、OD値は大きくなります。大腸菌が増えると濁ってくるので、実験室では吸光度計でサンプルのOD値を測定して確認します。濁り具合が気になるのです。

朝帰り
違うのこれは
ラボ帰り

細胞様の召使い

スケジュール上、どうしても避けられない夜間実験があります。たまにはホントの朝帰り、したいなぁ……。

良い結果出たのに無人の実験室

うしがらみ

自分が立てた仮説が実験で確認できることなんて、稀な出来事。喜びを誰かと分かち合いたい！　でもそんなときに限って誰もいない。仕方なく、細胞に話しかけてみたり。

実験が
全て順調
嫌な予感

カレーパスタ

こんなにうまくいくわけない。絶対何かウラがある。何度も失敗を繰り返しているからこそ、研究者は疑い深いのです。

転んでも
サンプル無事なら
大丈夫

やま

※3酔い止めを
飲んで観察
顕微鏡

あれくさ

「君たちも
どう生きるかだぞ」と
細胞（セル）に説き

顕微鏡越しの説諭

ペットいる？
細菌、酵母と
培養細胞

教授ちん

※3 長時間、顕微鏡を覗いていると眼精疲労で乗り物酔いのように気分が悪くなることがあるのです。また、スライドグラスを動かして対象物を探すときは視野が動くので、車酔いと同じような感覚に襲われて具合が悪くなることもあります……。

プレ金は
プレゼン作る
金曜日

もやしくらぶ監督

カズレーザー[※5]
そんなフィルター
あったっけ？

マラリア撲滅隊_002

PCR[※4]
原理は往復
「倍返し」

ささき

なぜ懲りぬ
発表当日
徹夜明け

ゼブラフィッシュ

※4 PCRは7、119ページ参照。※5 蛍光色素で染めた細胞を観察するときに使うことがある「共焦点レーザー顕微鏡」。照射するレーザーと検出用フィルターの組み合わせを選ぶ必要がありますが、カズレーザーに対するフィルターは聞いたことがありません。

実験を
してる自分が
ちょっと好き

みちみち桃太郎

AKB?※6
そんな遺伝子
あったっけ?

DrCarter

ちゅーちゅーちゅー
ちゅーちゅーちゅーちゅー
ちゅーちゅーちゅー

名もなき黒猫

夢追って
気がついたら
50代

おっさんずラボ

※6 Aktという、細胞の生存やがんに関わる有名な遺伝子はあります。

6キロの
米を買い置き
ラボに住む

SciCafeShizuoka

女子力と
実験スキルは
反比例

まつ

お勧めは
しないが飽きない
お仕事です

ここらでいっぱつ

週末は
娘背負いて
培地替え※7

老流

※7 細胞培養では、数日ごとに栄養素を含む培養液(培地)を交換します。培地交換のタイミングが週末になると、その作業のために研究室へ出かけることになります。

第三章 「メゲズガンバル」編

頑張れば頑張るほど、しかも高価な試薬を使っているときに限って、なぜか失敗する実験。気合を込め過ぎたから、手が震えても仕方ない？気合を入れて書き上げた論文があえなく掲載却下……。くじけそうになる瞬間は山ほどあります。それでもメゲズにガンバルのが、研究者たる所以。今日の失敗を笑って活力にする研究者たちに声援を！

手が震え
落としたサンプル
100万円

州崎の母

高価な試薬、貴重なサンプルを使うときに限って……。

おかしいな
培養してたの
カビだっけ

SAM

細胞培養は無菌操作でおこなうため、細菌（カビ）が生えると、細胞は丈夫に育ちません。実験に使うために大事に毎日世話をして細胞を培養しても、カビが生えてしまったら、これまでの苦労は水の泡。泣きたくなりますよね。

金がない
オートファジーで
食いつなぐ

ゆたか

「オートファジー」とは、細胞が細胞内のタンパク質や成分を分解して、自ら栄養にする仕組みの一つ。「自食(じしょく)作用」とも呼ばれます。大隅良典氏が発見してそのメカニズムを解明し、2016年にノーベル生理学・医学賞を受賞しました。

つかれはて
うたた寝すると
髪燃える

mrsa

シャーレに大腸菌を撒くときなど、器具の殺菌にガスバーナーを使うことがあります。単純作業なので、何枚ものシャーレを準備していると、つい眠たくなってしまいます。

毛の再生
公私混同
疑われ

マターリ

iPS細胞を使う再生医療は、現在活発な研究領域です。毛髪を作り出す幹細胞の研究も進んでいます。多くの方に役立つ研究であり、決して個人的な研究ではありません。

エラーバー
あの子の笑顔も
誤差範囲

ぬこ

複数の測定値をグラフにして比較する場合、平均値だけでなく値の「ばらつき」をエラーバーとして表します。笑顔と好意の関係をグラフにすると、ばらつき（エラーバー）が大きければ好意の度合いの幅も広くなり、好きなのか嫌いなのか判定が困難に。

顕微鏡の
丸椅子つなげ
仮ベッド

Hedgehoge

ラボの共有スペースには、誰でも使っていい丸椅子がいくつか置いてあることがあります。研究者生活が長くなると、丸椅子を同じ高さに並べてベッド代わりにし、そこへ横になり、隣で誰かが実験しても爆睡できる、そんな技も体得していくようです。

チップ詰め悟りをひらく5秒前

ウクレレ王子

マイクロピペット（6ページ参照）用の使い捨てチップ（ピペットの先端につけるもの）は、96個の丸い穴の開いた箱に並べて使います。チップを1個ずつ無心で穴に並べて（詰めて）いくと、無我の境地に達するようです。

リジェクトを
重ねた分だけ
強くなり

二匹目のドジョウ

研究者は、いくつ論文で成果を発表したかという実績で評価されます。何年もかけた実験の成果をまとめた論文の掲載を、学術誌から「掲載不可」と却下（リジェクト）されるとそのショックは計り知れません。それでもめげずに、論文掲載を目指します。

本屋にて
俺の論文
探す母

888

研究論文が掲載される学術誌の多くは、大学の図書館や研究室単位で有料で契約して閲覧します。一般書店に置いてあることはあまりないようです。

基礎研究
「役に立つの？」は
禁句です

エタノール誤飲

基礎研究の有用性はすぐに評価できるとは限りません。ノーベル化学賞を受賞した緑色蛍光タンパク質の発見も、最初はクラゲの光る仕組みへの下村脩氏の興味が出発点。この基礎研究は今や医学や産業に大きく役立っています。

光ってる
ネガコン一番
光ってる

STARD10

「ネガコン」とは、ネガティブコントロールの略。細胞染色実験などでは、目的分子が染まったことを確実に評価するため、染まらないはずの分子(ネガコン)と比較して確認します。ネガコンが一番染まっているということは、実験が根底から失敗しているということ。

給料が
ＰＣＲで
増えたなら

ごっでぃ八王子

ある領域のDNA配列だけを増やすPCR法（7ページ参照）。反応が繰り返されるたびに、2倍、4倍、8倍……と倍々ゲームで標的とするDNA配列が増えていきます。30回後には、じつに10億倍！　この原理で給料が増えることがあればいいのに……。

研究費
削りに削られ
大吟醸

細胞飼い

玄米を精米して(削って)造る日本酒。大吟醸酒は精米歩合が50%以下でないと名乗れず、削れば削るほど雑味がなくなり美味になるとも言われています。でも、研究費が大吟醸レベルにまで削られたら、ラボの死活問題。決しておいしくありません。

川柳で
科研費獲れたら
いいのにな

tometome0507

「科研費」とは、「科学研究費」の略。基礎から応用までのあらゆる学術研究の発展のために、厳しい審査を経て日本学術振興会から助成されます。研究計画や予算などを細かく記した申請書を何枚も書く必要があります。17文字では足りませんね。

予算なく
タイムラプスは
全手動

にしみん

細胞の形の変化や動きなどを観察する場合、例えば1時間おきに培養細胞の写真を撮影します。顕微鏡下で培養しながら自動的に撮影してくれるシステムもありますが、なければ1時間ごとに自分で培養器から細胞を取り出して撮影することになります。

こびと来て
論文仕上げる
夢を見る

2 yanagi

研究論文の執筆は、実験データをまとめ、考察を書き、参考論文をリストアップするなど、大変な作業で、数ヵ月かかることもあります。集中力だけでなく体力や持久力も必要です。寝ている間に小人たちが来て仕上げてくれたらいいのに。

チップ詰め？
なにそれ聞かれ
格差知る

NsduCh

はや2年
ビッグデータの
解析中

ピペットウーマン

陣痛の
波形を分析
怒られる

yoske_moli

研究に
没頭しすぎて
妻逃げる

ミュータン

Reviewer※8の
一撃必殺
However

Rejectase

二度はなし
串かつソースと
あのデータ

チーム食べるとこ

細胞よ
たまにはしてくれ
忖度を！

切れてる40代

飼い主に
似てきた細胞
起きてこず

21世紀は糖鎖の時代

※8 論文を学術雑誌に投稿すると、reviewerと呼ばれる、その分野の専門家が掲載の可否を判断します。著者にはreviewerからのコメントが届きますが、最初は褒めていても、「However」と続くと、その後に掲載できない理由が書いてある場合が多いのです。

時短機器
優秀すぎて
休めない

じばにゃん

iPS
私も初期に
戻りたい

ホーシューフライ

賭けてます
分子一つに
人生を

ぽんぽん

ポスドクに
不安はあるが
夢はある

荒野の教員

飼っている
俺のマウスは
モテるのに

忙しい男子院生

やめてくれ
培養前に※9
納豆は

焼き鳥の鳥子

息子より
細胞の世話
妻激怒

勇者たけし

研究職
あるのは任期で
人気じゃねえ

tsubu2an

※9 細胞培養や微生物実験では、雑菌の混入に細心の注意を払います。とくに納豆菌は熱にも強いので要注意。某酒蔵では、発酵を阻害する可能性があるため、見学者は前日から納豆厳禁とか。培養前と酒蔵見学前には発酵食品の摂取に気をつけましょう。

第四章 「愛すべきボス」編

実験や研究に対する豊かな経験と深い洞察力を兼ね備えて、研究室を率いるボス。いくつもの研究テーマを統括し、研究費を獲得し、学生の指導や必要なスタッフをリクルートするなど、研究室の運営も担っています。日々一緒に過ごしていると、振り回されることもあるけれど、人間的で魅力ある姿を垣間見ることもしばしば。

細胞に
唯一明かす
ボスの愚痴

細胞飼い

細胞培養は、一人で黙々とおこなう作業。だんだんと細胞に親近感も湧いてきます。集中しすぎると、思わず細胞相手に日頃の本音をこぼしてしまうこともあるのです。

クリスパー
ゲノム切れずに
教授キレ

無本鎖切断

クリスパー(CRISPR)は、ゲノム編集技術の一つ(73ページ参照)。ゲノム編集は、編集するゲノムのDNA領域をまず切断することから始まります。

触れちゃダメ
エチブロ、アザイド
ボスのミス

しーさん

「エチブロ」は「エチジウムブロマイド」、「アザイド」は「アジ化ナトリウム」の略。どちらもラボでよく使う試薬ですが、毒性があります。取り扱いは注意して手袋などで。

教授から
頼まれ答えは
イエスかハイ。

888

学生にとって、実験のアドバイスや研究テーマを決めるボスの意見はとても貴重。だから研究に関係ないことも、ボスの言うことが絶対だと思いがち。

飲み会で
ボスの真向かい
譲り合う

イベリンくん

たまにはボスとさしで飲むのもいいかも……。話題は研究の進捗かもしれませんが。

ボスの「あれ」
通じた私は
一人前

ほっくん

一日の大半をラボで過ごし、研究や実験に関するアドバイスや議論で意見交換するボス。
ボスの思考過程にシンクロナイズできる技を身に着けると一人前(?)。

いつやるか？
たまには言いたい
明日でしょ！

Dengue

研究員は、実験だけでなく、論文を読んだり学会準備をしたり、自分のデータをまとめたりと結構忙しく過ごしています。それでもボスが気にするのは、実験の進み具合。この川柳が投稿された当時は「いつやるの？」「今でしょ!」が流行っていました。

金曜日ボスがいないとプレミアム

Daintain

大好きなボスでも、実験室にボスが来るとやっぱり緊張します。そんな心配もなく、たまには鼻歌でも歌いながら実験がしたい！ ところで世の中ではプレミアムフライデーってまだ続いているのでしょうか？

付けたいな
ボスの背中に
プローブを

3€

バイオ系の実験では、研究対象の遺伝子やタンパク質が細胞の中のどこで、どういう動きをするか追跡するために、蛍光色素などで目印（プローブ）をつけます。ボスにプローブをつけて動きを追跡できたなら、急に実験室に入ってきても準備万端！

いにしえの技術を誇る老教授

のりぴー

DNA配列解読は、自動化された次世代シーケンサ(7ページ参照)も登場し、技術革新のスピードが非常に速い分野の一つ。ボスが学生だった30年前には自作のゲル板で解析する方法が主流であり、研究者には職人的技術が必要とされていました。

知らないの
シーケンサーの
ゲル作り

ぷよっち

ゲル板については、153ページの注釈も参照。ボスの時代は、DNAシーケンサ（7ページ参照）用のゲルは、寒天のように粉を溶かし固めて、研究者が作っていました。

発表は
教え子なのに
緊張し

Storm of Brazil

学会では、数百人の前で研究結果を発表する機会もあります。その道の専門家の前で堂々と発表し、質問にそつなく答えるには胆力が必要。その関門を越えてこそ研究者としての道が開けるとはいえ、見守るボスは保護者のように気が気じゃないようです。

買い換えよう！
その一言を
待っていた

パム

科学機器の進歩は著しいので、最新機器を使うと実験の幅が広がり、扱いも簡単になり、実験がどんどん進みます。現場の研究者が欲しくても、予算を握るのは、やっぱりボス。

十円で
実験成就を
祈る部下

ほるへ

実験に成功し、業績を上げるのが研究室の究極の存在意義。ボスは成果を基に、高額試薬や数千万円もする機器を購入するための研究費を獲得します。プライスレスなボスの苦労が、10円で成就できればそれはそれで幸せかも。

ボスたちの〝いい質問ですね〟めちゃ嬉しい

夏次郎

学会発表などで質問を受けると、発表者は最初に質問した人に向かって「いい質問をありがとう」と言ってから答えることもよくあります。質問に対する単なる条件反射じゃ嫌だけど、ラボ内でもうまく使えば、部下のモチベーション上がりますよ、ボス。

ボスいない
モノマネしたら
ボス登場

あげお

じつは、ラボメンバーはみんなボスの真似が得意。「愛」の深さが感じられます。

論文を指導して知るボスの愛

N匹目のどぜふ（N>2）

当時は心の中でムカついていたけれど、いざ自分がボスになると学生に同じ指導をしていることに気づくことも。ボスから言われたことが、今になって身に沁みます。

失敗を
試薬の値段で
叱られる

湯本タマ

ボスの指示
女心と
秋の空

ぎばちゃん

指導した
妻に家では
指導され

とっちん

教授室
のぞいてみたら
昼寝中

しゅーどのっと

良い結果
出したら逆に
疑われ

1S-4

グラフより
曲がってますよ
その見解

匿名希望

5時からは
教授室が
バーになる

pc_tert

コロニー※10と
教授のギャグを
拾う日々

仙人(修行中)

※10 コロニーを拾う：寒天培地に遺伝子を導入した大腸菌を撒いて、翌日生えてきた大腸菌のコロニーを個別に拾い上げ、試験管に移す作業を「コロニーピッキング」と呼び、よく実験室でおこなわれています。

うちのボス
PD-L1※11
高発現

抑制シグナル

測定機
ボスの前だけ
いい子ぶる

21世紀は糖鎖の時代

合意なき
離脱も視野に
就活中

EdUとcell cycle exitなら知ってるポスドク

口出さず、
手を貸す上司が
理想です。

継代中

※11 PD-L1は、がん細胞が体の免疫機能を回避するために細胞表面に出すタンパク質。PD-L1をたくさん持つ（高発現の）ボスの攻撃を回避するのは高難度。PD-L1などの免疫チェックポイントの研究で、2018年に本庶佑氏はノーベル生理学・医学賞を受賞。

うちのラボ
2大ワガママ
bossとcell

小悪魔細胞

壁よりも
床をドンドン
僕のボス

Atom

口癖が
ボスに似てきた
三年目

まる

気がつけば
人工知能が※12
僕のボス

第3の矢

※12 病気の診断をサポートしたAI「ワトソン」のように、膨大な数の論文を読み込んで的確に研究方針や実験方法を指示する人工知能が開発されるかもしれません。

第五章 「胸キュン」編

実験を教え合ったり助け合ったりするうちに、芽生える恋。廊下ですれ違うだけの隣の研究室にいる彼や、共同機器室でいつも同じ測定機を使う彼女が気になったり……。ただしあえなくフラれても、数年間は同じ研究室で過ごすので辛い日々です。毎日お世話をする研究対象の細胞や動物に愛情が湧き、人以外がときめきの対象になる研究者も。

読みたいな
あの子の心の
シーケンス

老流

生物の設計図といわれるゲノムのDNA配列（シーケンス）は、生物種や個人ごとに異なり、個性の基になります。実験ではDNAシーケンサ（7ページ参照）で読み取りますが、彼女の心の中も同様に装置で読めたら、アプローチ戦略も立てやすいのに。

縁結び
いつもしてます
動物の

かなかな

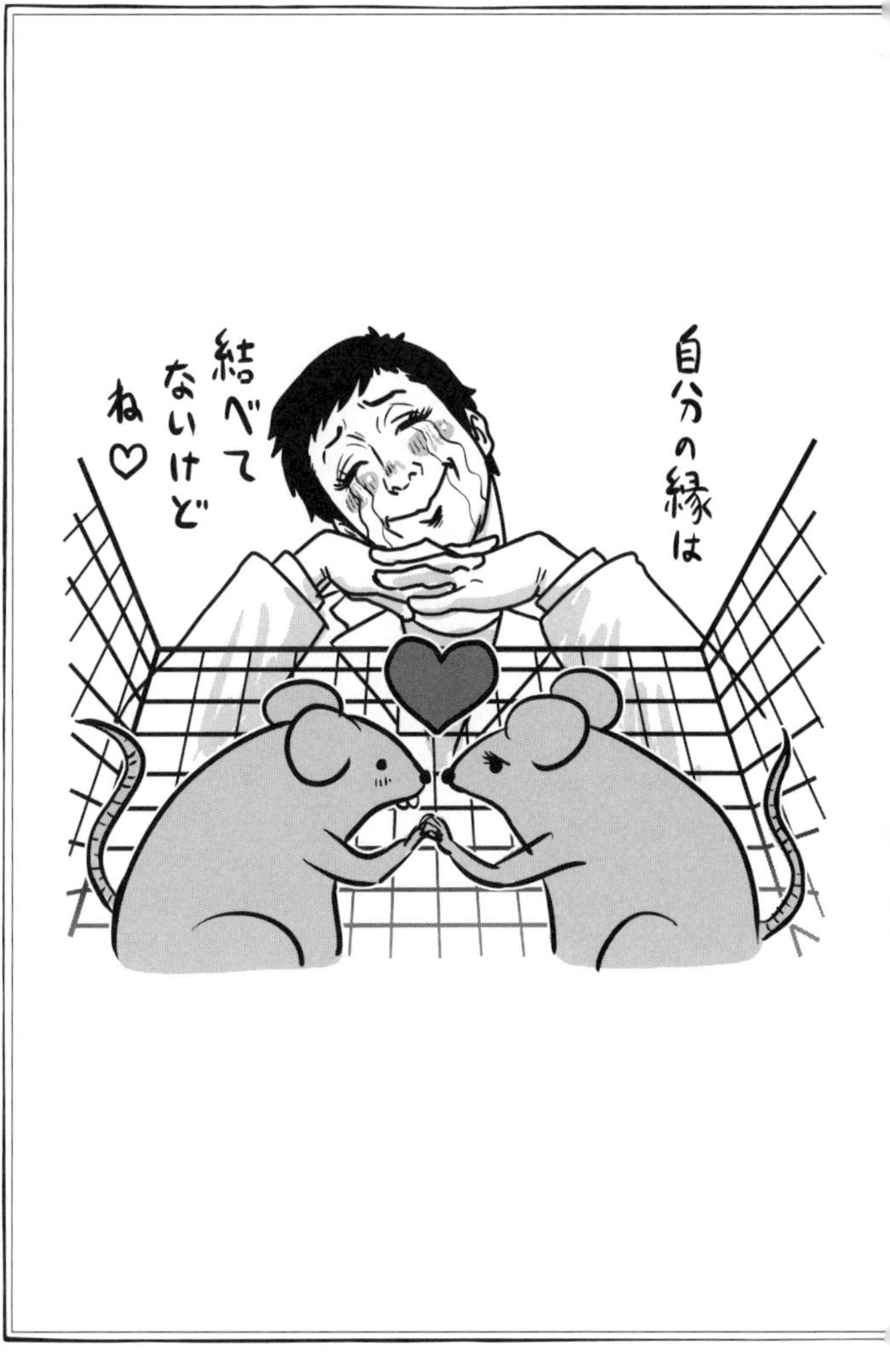

遺伝子改変マウスを作製するときは、マウスの繁殖も実験の一過程。計画通り繁殖させることが研究の進展には欠かせません。

あなたの手
握りたいけど
コンタミが、

チームZero

「コンタミ」は、「コンタミネーション（汚染）」の略語。細胞培養は無菌操作でおこなうので、人の手についた細菌などの混入（コンタミ）には注意が必要です。

クマリンで
クスッと笑う
君が好き

ぬこ

クマリンは植物の芳香成分の一種。抗酸化物質のポリフェノール／フェノール酸系の仲間で、桜餅（桜の葉）のにおいがします。

細胞に
意外といるのよ
イケメンが

ギブギブ子

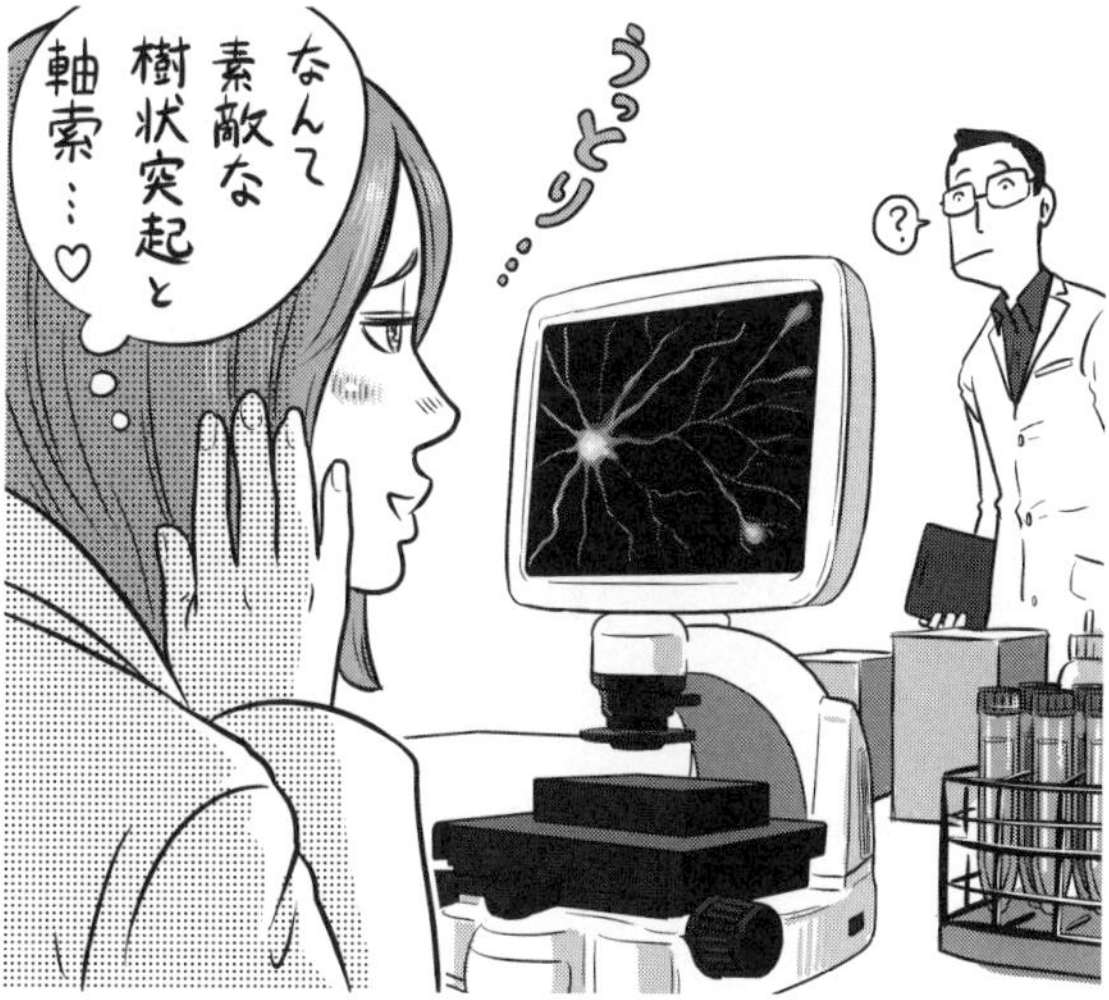

細胞の形は、一つ一つ異なり、培養条件によっても変わってきます。シャーレいっぱいに突起を伸ばした神経細胞は、ほれぼれするほど美しいと感じることも。

キムワイプ
借りた先輩
今の嫁

MALDITOF

実験室には欠かせない「キムワイプ」というティッシュペーパーのような紙。水に溶けにくく、毛羽立ちが少なく、そこそこ高級。器具を拭くなど実験中にたびたび使いますが、なくなったときにさりげなく貸してくれた彼女。その気遣いが恋のきっかけか。

大好きなあの子と一緒に

尾静注

NK cell

実験でネズミに薬剤などを投与する場合、尻尾の静脈から注射することがあります。ネズミが暴れないように上手に注射するには、チームワークが必要。

ごめんなさい
菌が呼んでる
行かないと

髭坊主

大腸菌などを培養して使う実験では、タイミングを逃すと菌が増えすぎて実験が失敗に終わってしまうこともあります。タイムリーに菌の繁殖を確認しながら、実験を進めることが必要。呼ばれたらすぐに駆けつけないとね。

思い出のあの人の名はPubMedに

夢見る院生

「PubMed」は、ライフサイエンスや医学研究に関する学術論文の要約が掲載されている無料検索エンジン。論文には著者名と所属機関が記載されているので、誰の論文かがわかります。ふと目にした論文の著者名に動揺してしまうことも。

私と菌
どっちが大事と
詰めよられ

mにしm

実験によく使われる大腸菌は増殖速度が速く、実験開始のタイミングを誤ると増えすぎて使えなくなってしまいます。大腸菌を培養しているときに、時間調整に失敗すると、デートの予定を変更する必要も出てきたり。

発現を制御できない恋心

研究室の中心でーが叫ぶ

遺伝子がどういうタイミングで、どのように働くか(発現するか)を制御することは、生物の重要な仕組みの一つ。遺伝子の発現は厳密に制御できても、恋心の発現制御は難しい……。

あの人の
パラフィン巻きが
華麗なの

ギブギブ子

サンプルを保管するときなど、試験管やチューブの蓋代わりに柔軟性があるパラフィンフィルムを巻いて密閉することがあります。たくさんのチューブのパラフィン巻きをリズミカルにおこなうには、センスと年季が必要。

使用簿の丑三つ時の君想う

えぞたぬき

共同で使う機器は、誰がいつ使うかを予約する表や、管理のために使用後に記録する使用簿があります。この表をみれば、気になるあの人が深夜に及ぶ実験をしていることもわかります。

オタクでも
白衣マジック
2割増し

丸の内のＯＬ

プレートに
大腸菌で
ハート描く

通りすがりのＥＳ細胞

デート前
ネズミ臭さを
ファブリーズ

NsduCh

恋愛に
求めてはだめ
エビデンス

マラリア撲滅隊_000

実験を
教え、教わり、
恋になり

蓮根八九

予備実験
できたらいいな
恋愛も

歯の再石灰化中

細胞を
眺める気分は
愛人か

めだま

細胞に
細胞レベルで
恋してる

細胞飼い

別れても
卒業までは
同じラボ

Dengue

失恋の
再現性だけ
高い僕

ちゃらべ

研究室
居心地よくて
アラサーに

領域外でのクスクス笑い

既婚者の
5分の1は
ラボ夫婦

いっしゅ

出産に
初めて立ち会う
動物室

8188

ラボ恋愛
多くて気付く
吊り橋効果

どらごんR

リケジョです。
婚期を逃し
かけてます。

相手をスクリーニング中

想い人
ラボでの姿で
恋覚める

にっしい(仮)

第六章　川柳　オブ・ザ・イヤー

愛すべきハエや細胞とのコミュニケーション、たとえ徹夜しても、婚期を逃しかけても、後悔しないほど大好きな実験……そんな研究者たちの日常を垣間見て、共感できるところはあったでしょうか。最後に、過去7年にわたって応募されてきた「さいえんす川柳」の中から、研究者たちの人気・共感を集めた作品を年代別にご紹介しましょう。

ボスの言う
「最近どう？」は
「結果まだ？」

2013 SENRYU of the YEAR

KT1374

とにかくボスは実験の状況が気になり、頻繁に確認したくなるものです。でもプレッシャーになったり、パワハラと思われたりしないように、遠回しに尋ねるのですが……。過去に〈「どう」とボス「いい天気です」怒られた（ピロリ）〉という句の投稿もありました。

よし逃げろ
学会帰りの
ボスが来た

白菜カルバニオン

2014 SENRYU of the YEAR

学会で他の研究室の進捗や新しい発見の発表を聴くと、興奮して研究室に戻り、新しい研究アイデアを誰彼となく試すように指示するボス。学会帰りのボスにつかまると、現テーマに加えて新たにいろんな実験を割りあてられて、大変なことになりがち……。

私より
食費が贅沢
iPS

2015 SENRYU of the YEAR

1 Yanagi

培養細胞は、さまざまな栄養素を含む液体の中で育てます。とくにiPS細胞は豊富な栄養を含む培養液で丁寧に育てる必要があり、培地交換もほぼ毎日おこなうなど、とても気を使います。

腹筋は
ないけど手には
ピペット筋

2016 SENRYU of the YEAR

きぬちゃん

実験の必需品、マイクロピペット(6ページ参照)。片手で握り、数マイクロリットルの液体の微妙な量の増減を親指で調節するには年季が必要。個人専用で数本を所有し、実験中は常時使うことが多いので、慣れないうちは親指が腱鞘炎になることも。

7エタで
ラベルが消えた
君の名は？

2017 SENRYU of the YEAR

しーちゃん

「7エタ」は、「70%エタノール」の略語。実験室では、細胞培養の前などに消毒用として頻繁に使います。でも、大事なサンプルを入れたチューブに誤って吹きかけてしまい、ラベルが消えたら大変！

怖いんです
あなたの急な
思いつき

2018 SENRYU of the YEAR

笑顔でがんばろう

数年かけて実験を続け、ようやく書き上げた論文。それを学術誌に投稿する直前に、ボスから「念のため全ゲノム解析しよう」なんて言われたら、もう1年間実験や研究費集めに苦労する羽目に……。そんなムチャぶりをするボスもいるようで。

2019 SENRYU of the YEAR

「Alexa」と
声を掛けたが
光らない

さばおり卒業

AIアシスタントの「アレクサ」も有名ですが、研究者は細胞染色などで「Alexa」というとてもよく光る蛍光色素を使います。これが光らないということは、残念ながら実験は失敗ということかもしれません……。

おわりに

7年前に研究者川柳イベント「川柳 in the ラボ」を開始したときは、こんなに長く続くとは思ってもいませんでした。ところがここ数年は、春になるとスケジュールの問い合わせを受け、秋の学会シーズンには川柳をまとめた冊子（非売品）の配布を楽しみにしている研究者にお会いする機会が多くなってきました。

また応募された川柳への人気投票もおこなっているのですが、そちらへの参加者も年々増えていったのです。投票してくださった方から「学生時代に同じ経験をしました」「あのときの失敗を思い出して笑ってしまいました」「皆同じ経験があると何だか心強い」「同じ悩みを抱えながらも、それを笑いに変えて頑張る姿を想像すると励みになります」「ぜひこれからも継続してください！」など、川柳への共感とイベント継続を望む声が多く寄せられるようになりました。たった17文字の川柳から、世代を超え、距離を超え、共感できる研究生活の苦労や喜びや切なさが伝わってくる「研究者あるある」は、これからも不滅かもしれません。

この本は、そんな研究生活を送る方々と一緒に作り上げた一冊です。講談社ブルーバックスの井上威朗氏から書籍化の話を受けたときは、研究者コミュニティの「専門的（？・）」な笑いが、一般の方に伝わるかどうか不安な面もありました。しかし研究とは違う仕事や環境にいても、この本に近い体験をしたり同じ思いをしたりする方は多いのではないかという気がします。至近距離で研究対象に向き合い、何年もかけた成果が認められて祝杯に酔いしれることもあれば、日々多くの失敗を繰り返しながら過ごす研究者の喜怒哀楽を素直に詠んだ「さいえんす川柳」。これらの作品を読んでともに笑い合うことで、真剣に生きる多くの読者の方の励みとなることを願っています。

最後になりますが、研究者川柳に素敵なイラストを添えてくれた漫画家でイラストレーターの服部元信氏には感謝してもしきれません。わからない用語を可能な限り理解し、実験室の研究装置を子細に観察して詠み手の心に寄り添いつつ仕上げたパンチのきいた作風が、この冊子の魅力を引き出してくれました。そしていつも丁寧なデザインを施してくれるopportune designの古田雅美氏と内田ゆか氏、講談社の編集担当の家田有美子氏、常に川柳イベントを一緒に盛り上げてくれる社内関係者に感謝いたします。

２０２０年８月

「川柳 ｉｎ ｔｈｅ ラボ」制作委員 橋本裕子

装丁：古田雅美、内田ゆか（opportune design）
イラスト：服部元信
構成・編集協力：橋本裕子（サーモフィッシャーサイエンティフィック）

N.D.C.790　222p　18cm

さいえんす川《せん》柳《りゅう》

「研究者あるある」傑作選

2020年9月20日　第1刷発行

編者　川柳《せんりゅう》 in《イン》 the《ザ》 ラボ

発行者　渡瀬昌彦

発行所　株式会社講談社

〒112-8001　東京都文京区音羽2-12-21

電話　出版　03-5395-3524

販売　03-5395-4415

業務　03-5395-3615

印刷所　（本文印刷）株式会社新藤慶昌堂

（カバー表紙印刷）信毎書籍印刷株式会社

製本所　株式会社国宝社

定価はカバーに表示してあります。

ISBN978-4-06-520959-2

発刊のことば

科学をあなたのポケットに

二十世紀最大の特色は、それが科学時代であるということです。科学は日に日に進歩を続け、止まるところを知りません。ひと昔前の夢物語もどんどん現実化しており、今やわれわれの生活のすべてが、科学によってゆり動かされているといっても過言ではないでしょう。

そのような背景を考えれば、学者や学生はもちろん、産業人も、セールスマンも、ジャーナリストも、家庭の主婦も、みんなが科学を知らなければ、時代の流れに逆らうことになるでしょう。

ブルーバックス発刊の意義と必然性はそこにあります。このシリーズは、読む人に科学的に物を考える習慣と、科学的に物を見る目を養っていただくことを最大の目標にしています。そのためには、単に原理や法則の解説に終始するのではなくて、政治や経済など、社会科学や人文科学にも関連させて、広い視野から問題を追究していきます。科学はむずかしいという先入観を改める表現と構成、それも類書にないブルーバックスの特色であると信じます。

一九六三年九月　野間省一